LAS SOMBRAS DE LA ESCALERA

A LA
ORILLA
DEL VIENTO

LAS SOMBRAS DE LA ESCALERA

IRENE VASCO

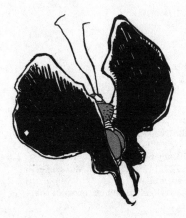

ilustrado por
PATRICIO BETTEO

FONDO
DE CULTURA
ECONÓMICA

Primera edición,   2004
  Octava reimpresión, 2017

Vasco, Irene
  Las sombras de la escalera / Irene Vasco ; ilus. Patricio Betteo. —
México : FCE, 2004
    65 p. : ilus. : 19 × 15 cm — (Colec. A la Orilla del Viento)
    ISBN 978-968-16-7312-3

    1. Literatura infantil I. Betteo, Patricio, il. II. Ser. III. t.

LC PZ7   Dewey 808.068 V136s

Distribución mundial

© 2004, Irene Vasco, texto
© 2004, Patricio Betteo, ilustraciones

D. R. © 2004, Fondo de Cultura Económica
Carretera Picacho Ajusco, 227; 14738 Ciudad de México
www.fondodeculturaeconomica.com
Comentarios: librosparaninos@fondodeculturaeconomica.com
Tel.: (55)5449-1871

Editora: Andrea Fuentes
Diseño: Francisco Ibarra Meza
Dirección artística: Mauricio Gómez Morin

ISBN 978-968-16-7312-3

Impreso en México • *Printed in Mexico*

Para Gustavo y Gabriel,
que un día se tropezaron
con sus propias sombras

Capítulo 1

◆ Sin saber cómo ni cuándo, se me acabaron las vacaciones. Siento otra vez lo mismo que el año pasado, que el año antepasado, que todos los años desde la primera vez que fui a un colegio (el estómago, la cabeza, el corazón me cambian de lugar a mil por minuto). Hoy me siento peor que nunca: acabo de llegar a esta ciudad. Nada es igual: el colegio es nuevo, la gente es nueva, el pupitre, el salón, todo es nuevo. En este colegio no conozco a nadie... y nadie me conoce a mí.

Abro y cierro los cuadernos nuevos, recién marcados con letra perfecta. Miro las caras de los niños que desfilan frente a mí por el patio y no reconozco a ninguno. A las niñas no las miro ni de reojo (en el tema de las niñas debe de ser igual vivir en el pueblo que en la ciudad: los niños y las niñas sólo pueden hablarse cuando llegan a séptimo grado, no sé por qué).

Supongo que en los recreos de este colegio se juega futbol (prefiero el beisbol, pero los de la costa somos los únicos que sabemos jugarlo) y se cambian figuritas del álbum (me traje un arsenal de repetidas en el bolsillo). Por lo menos, hoy no tengo que ponerme al día con las tareas que no entendí en la casa (en Tolú tenía que corretear a los mejores de la clase para que me prestaran los cuadernos).

Como me sobra tiempo para pensar, todo se me revuelve por dentro mientras suena la campana. Aquí y allá odio los primeros minutos de colegio, los más difíciles del año, porque nunca sé lo que me va a pasar, pero siempre me imagino lo peor. A ratos me siento grande, a ratos chiquito. No valen los conjuros ni las oraciones que me enseñó la abuela. No vale que cruce los dedos ni que saque la cuenta de las promesas de toda la semana pasada.

Sigue el desfile de niños a mi alrededor y cada vez me siento más solo (y más asustado, aunque me duela reconocerlo) en este patio lleno de extraños.

Por la puerta de la administración, aparece una señora con vestido ajustado y falda corta (¡las piernas se le ven horribles!) y nos ordena hacer silencio. El patio comienza a parecer un colegio y ya no un potrero lleno de caballos salvajes. Como por arte de magia empezamos a marchar en una larga y deforme fila, por orden de estatura, de mayor a menor, hacia los salones.

Solo, en medio de treinta desconocidos, en un colegio igualmente desconocido, sin ninguno de mis amigos al lado, marcho detrás de una niña sin poder verle la cara (claro, si uno va detrás no puede ver sino el pelo, la cara va adelante). Únicamente veo un par de trenzas negras, adornadas con lazos de colores.

Trenzas como ésas no se ven en Tolú. Imagino que es una moda de la ciudad (las modas se demoran en llegar al pueblo). Lo raro es que en el patio no hay más niñas peinadas de esta manera. (Rezo para que no se voltee, ni me mire ni me hable, ¿qué podría decirle a una niña así?)

Las trenzas negras me hipnotizan. No digo que me gustan ni que no me gustan. Sencillamente no puedo dejar de mirarlas mientras caminamos por un corredor, subimos tres pisos de escaleras, caminamos por otro corredor y nos detenemos frente a una puerta abierta tras de la cual nos espera la profesora de este año (¿hasta cuándo tendremos profesoras? Nunca he tenido un profesor en mi vida) con sonrisa de primer día de colegio.

Escucho las eternas frases de "buenos días" y "bienvenidos". Es el momento de estar alerta. Desde hace años descubrí que el mejor truco para pasar el año sin mayores problemas es marchar en silencio, no molestar en clase, no levantar la mano ni siquiera si sé la respuesta, tratar de que la profesora no se aprenda mi nombre (si es posible que tampoco se grabe mi cara) ni para bien ni para mal. Así he pasado hasta quinto sin pena ni gloria, sin ser el mejor ni el peor, sin que se espere nada extraordinario de mí.

Eso sí, todo funciona bien cuando logro aplicar mi fórmula para volverme invisible durante todo el año. Para eso, tengo que sentarme en el mejor lugar del salón, en el pupitre del fondo, al lado de la ventana. Desde ahí puedo mirar lo que pasa dentro y fuera (casi siempre me interesa más lo de afuera: padres asustados que llegan a entrevistas, alumnos enfermos que salen antes de la campana, vendedores de refrescos, señoritas cargadas de muestras de libros, en fin...) sin que la profesora se fije en mí.

¿Encontraré en este salón una ventana para volverme invisible...? ◆

Capítulo 2

◆ En lugar de correr hasta la ventana, quedo paralizado en la puerta del salón. Reacciono demasiado tarde: no queda ningún puesto libre en mi fila preferida. Furioso (y preocupado), tengo que sentarme en la primera fila, justo frente a la profesora. Por si fuera poco, me toca compartir el pupitre con la niña de las trenzas. No me gusta la idea de pasarme el año compartiendo mi desorden con el desorden de otro. Y si ese otro es niña... ¡no tengo palabras para quejarme de esta desgracia!

Claro que lo de la mala suerte era de esperarse. La víspera de mi venida a la ciudad, José Dolores me anunció:

—Niño Beto (me seguirá diciendo "niño" hasta que tenga cien años, así son los viejos pescadores del pueblo), niño Beto, cuídese de la desgracia. Vea que una mariposa negra le acaba de volar tres veces por encima de su cabeza y si no le pone remedio, la mala suerte se le vendrá encima.

Cuando José Dolores me dijo lo de la mariposa, yo no vi nada (o tal vez me hice el loco para no verla). De lo contrario, la habría perseguido y hasta la habría matado. Ésa es la costumbre en el pueblo: las mariposas, sobre todo si son negras, atraen la mala suerte y, por eso, nadie las quiere cerca. Cuando las encontramos, casi siempre escondidas detrás de las puertas, inmóviles, como muertas (no hay que dejarse engañar, siempre parecen muertas, pero no lo están), las perseguimos con escobas, o con lo que encontramos a la mano, pero nunca las dejamos dentro de la casa.

El caso es que ese día no vi nada. Estaba tan nervioso (¿contento o triste? Todavía no estoy seguro) por lo del viaje, que no le puse atención a José Dolores. Debí ser más precavido porque él sabe mucho. Podría haberle pedido la bendición a mi madrina, o traerme la medallita de la Virgen del Carmen que me regalaron en la primera comunión o hacer la promesa de no comer chocolatinas en una semana. No sé, algo con tal de conjurar el mal presagio y espantar la desgracia.

No lo hice a tiempo. Y ahora, cuando quisiera que algo me protegiera, las palabras de José Dolores me dan vueltas en la cabeza:

—Niño Beto, óigame bien: cuando las mariposas salen de noche son más peligrosas que de día. Póngase este contra. (¿Por qué los contras se llaman contras? ¿Contra qué?)

Por supuesto, no me puse nada. Los contras me parecen bonitos, pero como son pulseritas de colores, algunos creen que son cosas de niña. (¡Qué tal comenzar una vida nueva con todos diciéndome "nenita"!)

—Bueno, José Dolores, gracias por el consejo —le contesté para que no insistiera.

Pero creo que él se dio cuenta de mi mala voluntad, porque se persignó como quien no quiere la cosa.

Mientras me acomodo en el pupitre, rezo para que no sea demasiado tarde. Pero mis oraciones no me sirven: todo se me viene encima. Mejor dicho, todo se me cae debajo del pupitre: al sentarme, la maleta se me resbala. Mis cuadernos recién comprados, la caja de veinticuatro colores con puntas bien afiladas, las tijeras, el pegamento, el borrador, el sacapuntas, todo sale rodando y, después de un viaje interminable entre mi pupitre y el tablero, se detiene debajo de los pies de la profesora, que me mira con cara de pocos amigos.

—¿Su nombre? —me pregunta sin decir siquiera "por favor".

No puedo contestar. No por miedo a la profesora ni por miedo a que el resto del salón se burle de mí: me da miedo una mariposa negra, igual a las que perseguimos en el pueblo, que vuela sobre la niña de al lado, jugando entre sus trenzas negras y sus lazos de colores.

¿Será la misma mariposa que José Dolores vio sobre mi cabeza? No, imposible que me haya seguido desde el pueblo. No podría sobrevivir con este frío. Las mariposas de Tolú son de tierra caliente y la ciudad es helada... (No entiendo nada, no entiendo nada, la mariposa de la niña de al lado aparece y desaparece, ¿será mi imaginación?)

—Su nombre, si es tan amable —repite con voz nada amable la señora, o señorita, que se acerca hasta mi puesto.

—Roberto Alcántara —contesto lo mejor que puedo. No sé si me oye. Lo cierto es que de repente deja de mirarme y veo que sus ojos se fijan en el hombro de mi compañera de pupitre, del mismo lado donde la mariposa vuelve a aparecer. (¿Me habré vuelto loco? ¿Será el efecto de estar sentado junto a una niña?)

A ella no le pregunta el nombre. Sencillamente hace como si la conociera de toda la vida. O como si no la conociera en absoluto, no estoy seguro. Después de algunos segundos, que me parecen miles, su mirada atraviesa el resto del salón y ya no vuelve a dirigirse a mí.

Intento descifrar el misterio de la mariposa mientras la profesora pasa lista en orden alfabético.

—Eulalia Barrios —lee la profesora.

—Presente —responde la niña y así me aprendo su nombre que, de paso, es tan poco corriente como sus trenzas, sus lazos y su mariposa.

Trato de recordar si conozco a alguna Eulalia. Pienso en las niñas del pueblo. Todas se llaman María: María Francisca, María del Carmen, María Antonia, Diana María... (¡menos mal que les ponen dos nombres, porque quién entendería de cuál María se trata!) Pero ninguna se llama Eulalia. Los nombres de las niñas se me mezclan con la voz de José Dolores, que continúa, desde lejos, advirtiéndome que me cuide.

—Ya sabe, niño Beto. Mejor tenga cuidado, porque la mala suerte se le está anunciando... Tenga mucho cuidado... ◆

Capítulo 3

◆ "Los fantasmas no existen", me digo, mientras subo de dos en dos las escaleras interminables de la casa de mi abuela.

"Los fantasmas no existen", me repito, mientras bajo, otra vez, las interminables escaleras de esta casa tan grande, llena de recovecos y pasadizos, en donde todavía me pierdo cuando me dejan solo.

Aunque me digo y me repito, no me acabo de convencer de que los fantasmas no existen. Anita y Edelmira dicen que ahí están, que viven en la casa desde hace años y que su paseo favorito es el de las escaleras, tal vez por lo oscuras que son.

A mi abuela no le gusta que me cuenten sobre fantasmas. Cuando le pregunto si es verdad que me van a sacar de la cama y a jalarme los pies, se pone muy brava.

—Ésas son bobadas —contesta y cambia de tema.

Entre el silencio de la abuela y las historias de Edelmira y Anita, vivo muerto de miedo de las escaleras. Por eso me invento toda clase de trucos y mentiras para que alguien me acompañe en esta casa tan deshabitada... y tan habitada al mismo tiempo. (¿Vivimos sólo cuatro? ¿Vivimos cuatro personas y algunos fantasmas? ¿Cuántos son? ¿Quiénes son?) Por eso cuando estoy solo, subo y bajo corriendo las escaleras, con los ojos casi cerrados, para no verlos si se asoman por ahí. (¿De qué tamaño son? ¿De qué color se ven?)

Una y otra vez repaso las lecciones que me dieron Anita y Edelmira, mientras la una lavaba y la otra planchaba, en el patio de ropas.

"¿Eres de esta vida o de la otra?", son las palabras rituales, según ellas, y las tengo que decir si alguna sombra se me aparece.

Ellas las llaman sombras, no sé si por respeto o para que no me dé tanto miedo. Da igual. El nombre es lo de menos, pues, con o sin palabras rituales, no me atrevería a saludar a ninguna sombra ni a ningún fantasma. (¿Será lo mismo una sombra que un fantasma?)

—Los fantasmas no existen, los fantasmas no existen, los… —me digo y me repito.

—Hola, Roberto, ¿por qué estás tan pálido? —me pregunta la abuela cuando me la encuentro al final de la escalera.

Es que la abuela se pasa casi toda la vida arreglando las matas de arriba y las matas de abajo. Tiene montones. Digo "tiene" porque son todas de ella. No deja que nadie las toque. A duras penas podemos acercarnos a mirar lo florecidas que están. Ella las cuida como si fueran sus hijas. Una vez traté de contar las de abajo y cuando llegué a trescientas me aburrí. La abuela les habla, les echa agua, remueve la tierra con una pala muy chiquita y hasta les canta, aunque lo niegue. Una vez la sorprendí cantándoles nanas y arrullos en voz muy baja. Es tanto

el amor de mi abuela por sus matas que a veces me dan celos, pues creo que las quiere más que a mí.

Cerca de las matas me siento más tranquilo, pues sé que los fantasmas no rondan por donde hay flores.

—A las sombras no les gusta el olor de las flores. Les recuerda la vida y se llenan de nostalgia —me explicó Anita un día.

—Por eso prefieren la curva de la escalera. Ahí no les llega el olor —agregó Edelmira con tanta convicción que no pude menos que creerle.

Otro día, sin que se los pidiera, me contaron su historia favorita.

—Mire, niño Beto (me llaman igual que José Dolores, ¿cuándo me dirán Roberto y no niño Beto?), cuando se encuentre con alguna de las sombras, no se le olvide que la más grande, la que parece de un señor viejo, es la de don Víctor. Ése era el mejor amigo de su abuelo. Venía todos los viernes a comer y llegaba con el periódico debajo del brazo.

—Para hablar de política "entre hombres" —interrumpe Edelmira.

—Y siempre traía un ramito de flores en la mano —continúa Anita.

—Para adornar el altar de la virgen de la abuela —interrumpe nuevamente Edelmira, para hacer notar que ella también conoció a don Víctor.

—Un viernes llegó y cuando se estaba quitando el sombrero, se cayó y murió. Fue un infarto fulminante. Menos mal que no alcanzó a sufrir, pero sus abuelos sí sufrieron mucho. La señora todavía se lamenta de vez en cuando.

Yo no quiero seguir oyendo esas historias, pero como no hay nadie más en la casa, prefiero quedarme con Anita y Edelmira en el patio de ropas oyéndolas contar.

—La sombra más pequeña es la de un niño. (¿De verdad las habrán visto? ¿Hablarán con ellas? ¿A qué hora? Yo nunca las he visto conversando con sombras.)

—No tenemos ni idea de cómo se llama la sombra chiquita. Es como si no supiera hablar porque nunca nos contesta. (¡Hablar! ¡Contestar! Hasta parece cierto lo que dicen.)

—Creemos que es el bebé que una antigua empleada tuvo mientras trabajaba en esta casa. Pero al pobre le cayó un mal de ojo y se murió muy rápido. Apenas tenía dos meses.

—Y se quedó a vivir aquí, esperando quién sabe qué. Ha ido creciendo, pero de a poquito. Ahora se ve como de siete años (¿se ve?, ¿dónde?, ¿cuándo? Yo no quiero verlo), pero no dice ni una palabra.

—Bueno, don Víctor tampoco habla, pero como nos sabemos su historia, ni para qué preguntarle…

—Eso sí, no le vaya a contar a su abuela nada de esto. Ella se pone muy brava con nuestros cuentos. Si le llega a decir, no le volvemos a contar nada.

Cuando me amenazan con no volver a contarme sus historias de fantasmas, no se imaginan lo contento que me pongo. (¿Contento o triste? Aunque me muera del miedo siempre quiero que me sigan contando. Creo que nunca me perdería estas tardes del patio, aunque después tiemble en las escaleras.)

En Tolú, los viejos pescadores también nos echan sus cuentos, aunque no es lo mismo. Allá nos acostamos todos juntos en la misma pieza, y el miedo acompañado no se siente tan miedoso.

Algunas veces pienso si no sería mejor regresarme al pueblo. Recuerdo mi casa, con las ventanas siempre abiertas. Intento imaginarme sombras pero estoy seguro de que no hay ni una. Esa casa la construyó mi papá con ayuda de todos los del barrio y, hasta donde yo sé, ahí nunca se ha muerto nadie, ni viejo ni niño. Por eso no rondan los fantasmas y dormimos tranquilos oyendo las olas del mar y el canto de los grillos.

Aquí en la ciudad, en la casa de la abuela, me despierto con frecuencia. Oigo las tablas de la escalera de madera que crujen y, de cuando en cuando, los maullidos de los gatos en los tejados. Los gatos, claro, no me asustan.

Pero las tablas me mantienen despierto durante horas. Supongo que si crujen es porque alguien las pisa. Pero a medianoche la abuela, Edelmira y Anita están dormidas. ¿Quién pisa las tablas? ¿Quién las hace crujir? Me pregunto mientras doy vueltas y vueltas en la cama, imaginando toda clase de sombras que suben y bajan por la escalera. ◆

Capítulo 4

◆ ¡Qué lástima! Ayer llegué a Tolú y hoy, que por fin estoy frente al mar, no puedo poner ni un pie en el agua. Es jueves santo y no se ve ni un alma en la playa. Todos sabemos, desde los más viejos hasta los más chiquitos, que si nos bañamos en estos días santos, podemos convertirnos en sirenas. (Si las sirenas son mujeres con cola de pescado, no entiendo cómo nos convertimos los hombres.)

Anoche el viejo José Dolores nos estuvo contado sobre sus encuentros con las brujas de Verrugas. Por supuesto nos asustamos muchísimo. Pero no me dio tanto miedo como los cuentos de los fantasmas de la casa de la abuela. Tampoco como Eulalia, esa niña rara que se sienta junto a mí y que también me asusta cuando estoy en el colegio.

Hoy, no sé por qué, no se me borra de la cabeza. Es como si Eulalia estuviera rondando por el pueblo con sus mariposas negras.

Ah, debe ser por eso que la recuerdo. Esta mañana me levanté primero que todos. Quería ver un amanecer costeño, de los que no se ven en la capital. No lo vi, pues apenas abrí la puerta

salió volando una mariposa gigante, la más grande que he visto en mi vida. Y del susto me volví a acostar.

Al rato me animé con los preparativos de las procesiones de semana santa que comienzan esta noche. Papá siempre participa y estoy acostumbrado a pasar dos días enteros casi sin dormir. Cuando estaba más chiquito me cansaba mucho, pero ahora me divierto montones viendo a mi papá con su vestido de nazareno, llevando a cuestas la imagen de Jesús.

En la ciudad casi nadie sabe qué son los nazarenos. El otro día hice una redacción sobre las costumbres de semana santa y la profesora me preguntó que qué significaba todo lo que escribí. Me parece mentira que ella nunca haya estado en un desfile que aquí se repite desde hace varios siglos.

La costumbre en Tolú es que los hombres hagan promesas para que se les cumplan deseos muy fuertes. Casi siempre tienen que ver con la salud de alguien en la familia. Las procesiones de los nazarenos se hacen desde épocas muy antiguas, dicen que desde hace unos cuatrocientos años. Los hombres que hacen promesas se ponen unas ropas muy calientes, con guantes y todo, como si fueran monjes de hace siglos, para desfilar en semana santa cargando los pasos de la crucifixión de Jesús, que pesan toneladas.

Mi papá se hizo nazareno para salvarme, porque cuando nací era tan enclenque que nadie daba un peso por mi vida. Una vecina decía que había nacido con mal de ojo, porque mamá se había bañado en el mar mientras estaba embarazada. La comadre Mercedes insistía en que era por culpa de una pelea. Mi abuela juraba que mamá había comido no sé qué y por eso yo estaba condenado.

—Mire cómo tiene los pies y las manitas. Este niño no se cría —diagnosticó la partera que me ayudó a nacer.

—Póngale este contra. Verá que así se le salva el niño.

Entonces me pusieron la pulserita de cuentas de colores amarrada a la muñeca.

—Déle caldo de carne de tortuga.

—Llévelo a donde la comadre Emperatriz, la que vive al pie del cementerio. Ella prepara un brebaje que le cura el mal de ojo a los niños recién nacidos.

Mamá hizo todo lo que le recomendaron. Pero yo me veía cada vez más flaco, como un renacuajo. Y en ésas llegó la semana santa. Papá le encargó un vestido de nazareno a mi tía Nancy, que cose de día y de noche, y ese año comenzó a pagar la promesa de desfilar cada año en las procesiones para que yo no me muriera. Así fue como me salvé.

Desde entonces papá desfila cada semana santa. A mí me gusta acompañarlo. Me siento orgulloso de él y me prometo que si alguna vez necesita de mí, también voy a pagar una promesa para salvarle la vida. ◆

Capítulo 5

◆ Anoche, antes de acostarme, acomodé los zapatos debajo de la cama en forma de cruz, como me enseñó José Dolores. Él dice que si uno deja los zapatos cruzados, se evitan las peleas y no quiero pelear un viernes santo porque el pecado se triplica.

Mi hermano se burla porque cree que soy un supersticioso, que hago todo lo que oigo por ahí. Pero él tampoco se salva de las creencias. Por las noches, veo que con disimulo se pone la pijama al revés, pues sabe que las brujas pasan de largo sin molestar a los que se acuestan así.

Ahora marcho en la procesión. Doy, como todo el mundo, tres pasos hacia adelante y dos pasos hacia atrás. Por eso duran tantas noches, porque no avanzan sino un paso de cada tres. Las letanías se oyen a lo largo de las calles del pueblo. La primera voz reza. El coro, que somos todos, contesta. Los nazarenos cuidan la tarima donde va la imagen de Cristo para que no se caiga.

Tengo que confesar que nunca me han gustado los santos que van sobre la tarima acompañando a Jesús. Muchos se ven sangrando, con heridas terribles. Pero lo que menos me gusta son las pelucas, siempre despeinadas y empolvadas, como de momias. El pelo con que las hacen es de verdad, de señoras que regalan sus cabelleras para pagar promesas. Si alguien se fija bien, puede reconocer el pelo de doña Leonor, el de la señora Herminia, el de la solterona de la cuadra de arriba (dicen que es bruja), el de la señorita Paz (si con ese nombre es tan brava, ¡qué tal si se llamara Guerra!).

Desfilamos detrás de la tarima con velas encendidas hasta el cementerio del pueblo. Algunos nazarenos caminan con los brazos abiertos de par en par, para que parezcan cruces. Otros llevan la caja de vidrio en donde va acostado Cristo, cubierto de algodón y velo. El Santo Entierro se hace en una gruta muy bonita, decorada con un arco plateado.

—Váyanse a acostar —nos dice papá—. No me esperen esta noche.

Yo no me quiero ir. Quiero ser nazareno como él y acompañar a Jesús toda la noche. Le ruego que me deje y, por primera vez, acepta.

—Está bien, Roberto. Este año te puedes quedar, pero no te quejes si te cansas mucho. Esto no es cosa de niños.

La procesión hacia el cementerio arranca desde la plaza. Papá carga la tarima durante un rato, pero después le deja el turno a otro. Los hombres van cambiando, pues son muchos los que tienen que cumplir con su promesa. La tarima pesa toneladas y quienes la llevan, aunque sea por cinco minutos, terminan con llagas en el hombro y dolores durante varios días.

Nosotros rodeamos a los que desfilan. José Dolores siempre dice que hay que estar muy atentos por si el ánima de algún

nazareno muerto sale a desfilar. Hay gente que se muere sin terminar de pagar la promesa hecha en vida y regresa con una falda larga. Así no se nota que no tiene pies y es muy difícil saber que es un ánima. Por aquí todo el mundo practica el truco de pellizcar al vecino durante la procesión, pues si el de al lado no grita cuando lo pellizcan, es porque no siente. Y si no siente el pellizco es porque es un difunto. Nada más claro.

Miro a papá. Pellizca al nazareno de al lado. El nazareno sigue caminando como si nada. Papá lo pellizca otra vez. Nada. Le miro los pies para verificar. El faldón flota sobre el aire, no hay pies ni medias, ni sandalias debajo de la tela. Sólo aire. Papá vuelve a pellizcarlo. Yo tiemblo.

—Un muerto —grita papá.

—Un muerto —gritamos todos los que estamos cerca.

En ese momento me parece ver a Eulalia, la niña de la mariposa negra. Entre los gritos de todos, la llamo:

—¡Eulalia, Eulalia!

Nadie me contesta y me olvido de ella de inmediato. Todos rodeamos a mi papá y espantamos al difunto golpeándolo con las hojas de palma bendecidas el domingo de ramos. El nazareno muerto desaparece y en el suelo veo una mariposa negra aplastada. (¿Será la de Eulalia? ¿Está esa niña en medio de la procesión? ¿Qué hace en mi pueblo si ella vive en la capital?) La multitud pasa sin ver la mariposa.

La noche cae. Si no es porque llevamos velas encendidas hacia el Santo Sepulcro, todo estaría oscuro. Quiero irme a mi casa. Ya no quiero acompañar a nadie, menos a papá. Caminar al lado de un difunto es signo seguro de muerte. Yo no quiero que mi papá se muera. Yo no quiero que la maldición de la procesión le caiga justamente a él, que desfila pagando una promesa por mi vida.

Tengo que estar solo para pensar en esto. Una idea se me clava en el cerebro: papá me salvó una vez. Es mi turno de sacarlo vivo de esta maldición.

¿Podré hacerlo? Hasta donde yo sé los niños no pueden ser nazarenos y no creo que mis pequeñas promesas sirvan para algo. Lo único que sé es que voy a salvar a papá, aunque tenga que pagarlo con mi vida.

Lo voy a salvar, lo voy a salvar. ¿Cómo lo voy a salvar? ◆

Capítulo 6

◆ Nunca creí que me pondría tan contento de regresar a la casa de la abuela. Eso sí, me hacen mucha falta mi casa, el mar, los amigos. Bueno, me hacían falta, porque por lo pronto prefiero estar lejos de las maldiciones y cerca de la abuela, de sus matas que parece que hablaran, de Anita y Edelmira... y de las escaleras, con sombras o sin sombras, crujiendo a medianoche.

A la abuela no le cuento nada de lo que pasó en Tolú. Me trataría como a un niño asustado y me diría que ésas son bobadas y supersticiones de pueblo. Tal vez tenga razón, pero aun si me lo dijera todos los días, a toda hora, no lograría convencerme.

En cambio, Anita y Edelmira son todo oídos. Me escuchan y me contestan como si se tratara de un caso en verdad muy serio. Me enseñan oraciones, me regalan estampitas, me ponen amuletos contra la mala suerte (no les puedo contar que escondo todo antes de salir para el colegio porque allá se burlarían de mí).

Como una conversación llama a la otra, las historias de difuntos se van hilando en las tardes del patio de ropas.

—¿Sabe, niño Roberto? Creo que usted tiene razón en querer

proteger a su papá. Lo que hay que pensar es en cómo engañar a la muerte para que tome otro camino y se olvide de él.

—Lo malo es que engañar a la muerte es de lo más difícil —les contesto y les cuento el caso de mi primo Raúl, el que se murió el año pasado y nadie supo de qué—. Vean —comienzo—, cuando en el pueblo alguien se muere, se instala un altar en la pared de la casa del difunto para rezar la novena durante nueve noches. Bueno, eso si el muerto no es un bebé. A los bebés no se les hacen novenas, pues como se convierten de inmediato en angelitos, no hay que rezar por sus almas.

Les explico que el altar se hace colgando una sábana blanca con una cruz de cintas negras en medio: al frente del altar, sobre una mesa con flores, se instalan figuras de los santos favoritos de la familia y dos vasos de agua, con velas prendidas a los lados. Los parientes y los amigos se turnan días y noches para que el altar siempre esté acompañado, pues cuando el muerto llega a tomar agua, debe encontrar a alguien rezando por él.

—Eso se hace en muchas partes y no tiene nada de raro, niño Beto —dice Edelmira.

—Sí, ya sé. Lo malo es lo que pasa en la novena noche, cuando se levanta el altar. Las puertas y las ventanas de la casa tienen que abrirse de par en par para que el ánima del difunto pueda salir. Si no se abren las ventanas, el alma del muerto se queda penando por siglos. Y eso no le gusta a nadie: ni a los vivos ni a los muertos.

—Uy, niño Beto, ni diga eso. Mire que en esta casa hay dos difuntos vagando desde hace mucho —se persigna Anita con cara de devoción.

Es difícil explicar la historia con tantas interrupciones. Finalmente, les cuento la historia de mi primo Raúl de un solo golpe, para que no se convierta en el cuento de nunca acabar:

—Hace un tiempo se murió una vecina y todo se hizo como debe ser. Al cabo de las nueve noches, apenas sonaron las doce, la hija de la señora comenzó a levantar el altar y, como de costumbre, regó el agua que quedaba en los vasos para garantizar que el alma de la difunta saliera libre. Todos nos escondimos para que ni una sola gota de esa agua nos fuera a tocar. Agua contaminada de muerto trae desgracias, todo el mundo sabe eso. A Raúl, mi primo, le cayeron varias gotas en la cabeza, pues apenas iba entrando y no sabía lo que pasaba en ese momento. De sólo acordarme del caso, me da un escalofrío. (¿El escalofrío será por el cuento? Desde ayer siento escalofríos a cada rato. Ojalá que no me haya enfermado. Cuando mi abuela me oye toser, corre a darme mil medicinas y no me deja jugar en varios días.)

”Raúl se murió al mes. Los médicos hicieron lo posible por salvarlo de un virus desconocido, según dijeron, pero la maldición fue más fuerte. Agua de muerto no es cualquier cosa —termino de contarles.

Edelmira y Anita me oyen alarmadas. Se miran entre sí. Rezan bajito. Sacan nuevas oraciones, nuevas estampitas, nuevos talismanes de su arsenal y prometen averiguar cómo pueden ayudar a papá a salir del mal momento.

No digo nada, pero dentro de mí algo me dice que a papá no le va a pasar nada. Debe ser que alguien escuchó mis oraciones y decidió perdonarle la sentencia. Eso sí, me han dicho que de la muerte no se salva nadie sin que otro se muera. Tampoco quiero que le pase nada a mamá, ni a mi hermano ni a la abuela, ni a...

¿Hacia quién se dirigirá entonces la maldición?

¡Ay, no! ◆

Capítulo 7

◆ ¿Por qué no se me quitará el escalofrío? No quiero contarle a la abuela que me siento mal. No quiero quedarme en la casa... Tampoco quiero ir al colegio... Mucho menos regresar al pueblo...

Lo único que logra distraerme es estar al lado de Eulalia. No logro descifrar qué es lo que tanto me inquieta de ella. No abre la boca en clase, sólo sigue las instrucciones de la profesora y nunca levanta la mano. A veces trato de leer lo que escribe en su cuaderno, pero tiene una letra diminuta, pegadita y desde mi lado del pupitre es imposible leer algo.

Por puro aburrimiento se me ocurre pensar en cómo sería si nos hiciéramos amigos. Claro que tendría que ser a escondidas para que no se burlaran de mí los otros niños del salón.

Si fuera amigo de Eulalia, podría aclarar muchas dudas. Como la de una mañana en que descubrí algo más raro que de costumbre. Ella siempre se pone unos uniformes muy grandes, como si se los hubiera prestado algún hermano mayor. Las mangas le cuelgan al final de las manos y a cada rato se las tiene que doblar para poder escribir. Nunca se destapa más arriba de los dedos.

La semana pasada nos llevaron a la enfermería para vacunarnos. A Eulalia se le notó la sorpresa cuando la enfermera dijo que nos quitáramos los sacos y nos dobláramos las mangas de las camisas. Ella pidió permiso para ir al baño, pero no se lo dieron. Trató de esconderse detrás de la puerta, pero la descubrieron.

—No tengas miedo, no duele —la consoló la enfermera.

Sin embargo, Eulalia no parecía preocupada por la inyección, sino por tener que desnudarse el brazo. Y tenía toda la razón. Cuando por fin se quitó el suéter y se dobló la camisa, aparecieron montones de pulseras de cuentitas de colores, iguales a los contras que siempre me quieren poner para prevenir el mal de ojo. (¿Quién le quiere hacer mal de ojo a Eulalia? ¿Por qué la protegen tanto? ¿De quién?) Eulalia no se puso roja ni verde (yo me habría puesto amarillo con toda seguridad) sino blanca, tan blanca que las cuentitas se veían el doble de coloridas. Por un momento pensé que se iba a desmayar.

No se desmayó, pero yo sí. La enfermera se preocupó mucho, pues dijo que era una reacción alérgica a la vacuna. Me pusieron otra inyección de inmediato, me acostaron en la camilla que huele a medicina, me hicieron tomar mucha agua y me dijeron que me quedara en la enfermería hasta la hora de la salida. Ni siquiera llamaron a la abuela para avisarle que me sentía mal, pues dijeron que la reacción ya se me estaba pasando.

Eso creyeron los de la vacuna. Pero en estos días no he dejado de pensar en el desmayo… y en los escalofríos que no se me quitan. Creo que mis ruegos fueron escuchados. La maldición de papá se me pasó a mí. Él está a salvo. Ahora el condenado soy yo.

Tiemblo. Pienso en Eulalia y en su brazo lleno de contras. Me gustaría pedirle prestados algunos. Me gustaría poder hablar con ella, preguntarle, decirle que me acompañe...

Ahora la veo que escribe con su letra pegadita. (¿Escribirá lo que dicta la profesora? ¿Escribirá un diario? ¿Qué tendrá para contar en esos cuadernos que parecen de otro mundo? ¿Por qué me interesa tanto esa niña?)

Está tan cerca, aquí, a mi lado, en el mismo pupitre, pero ¿por qué se ve tan lejos?

¿Por qué todo me da vueltas, vueltas, vueltas...?

Todo se pone blanco.

No sé dónde estoy.

—Despiértate, despiértate —me dice una voz de niña.

Es Eulalia. De un salto me levanto. No entiendo qué hace ella junto a mi cama.

Es que no estoy en mi cama. Miro a mi alrededor y al principio no reconozco nada. Estoy en la enfermería del colegio. Y a mi lado está Eulalia que me habla bien bajito, con voz dulce y asustada. La mariposa le da tantas vueltas que no alcanzo a seguirla con la mirada.

Intento poner en orden las ideas. Imagino cómo fueron los últimos minutos antes de despertar aquí. Me desmayé en clase, la profesora me trajo cargando, le pidió a mi compañera de pupitre que me acompañara (por lo menos es lo que siempre se hace cuando alguien se desmaya). Y aquí estoy con Eulalia a un lado, y con la enfermera llamando a mi casa, del otro.

—Van a venir a recogerte —me dice Eulalia—. De aquí no me muevo hasta no saber que estás bien.

—¿Crees que me voy a morir? —le pregunto, como si hablar con ella de la muerte fuera lo más natural del mundo.

Me alegra tenerla cerca y las palabras me salen solas. Es como si ella fuera la única persona que pudiera entenderme. (¿Por qué ella? ¿Por qué no Anita o Edelmira? ¿Acaso somos amigos? Si ni siquiera hemos hablado antes de hoy.)

Eulalia no contesta. Por primera vez veo que hace un gesto impaciente para espantar a su mariposa. Muchas veces creí que yo era el único que la veía, pero, por lo visto, ella también sabe que existe.

Cuando Eulalia levanta la mano, unos papeles se le caen del bolsillo. Se pone tan pálida como el día de la vacuna. Se agacha muy rápido para recoger los papeles. Alcanzo a ver algunos. Están llenos de signos extraños. Hay cruces, estrellas y círculos dibujados con muchos colores, mezclados de manera tan bonita que quiero uno para mí.

Casi me caigo de la camilla tratando de alcanzar una de esas hojas. Eulalia es más rápida que yo y me arranca de la mano el papel que acabo de coger. Es de un material fuerte, resistente, creo que de cuero delgado, pues no se rompe en ese tejemaneje. Eulalia hace cara de disgusto. Nunca antes la había visto así. Me prometo a mí mismo que nunca tocaré nada de esa niña, ni aunque ella misma me lo ofrezca. (Pero, ¿qué quieren decir esos garabatos? ¿Escribe en chino o en japonés? No, no es en esos idiomas, se ven diferentes.)

La enfermera salva la situación que comienza a ponerme nervioso. Llega con un vaso de agua y le dice a Eulalia que se puede ir. Ella se levanta pero no sale de la enfermería. La señorita

Josefina la empuja suavemente hacia la puerta. Eulalia la mira a los ojos fijamente. La enfermera se voltea distraída, como si hubiera olvidado lo que hacía. Eulalia se vuelve a sentar a mi lado.

—No te voy a dejar morir. No te voy a dejar morir. No te voy a dejar morir —me parece que repite Eulalia, con una voz que me recuerda la letra diminuta de sus cuadernos.

No estoy seguro de haber entendido sus palabras. La fiebre me sube con rapidez y siento un mareo desagradable. Otra vez me desmayo y ya no sé nada más, ni de Eulalia ni de su mariposa, ni de sus papeles... ni de mí, durante mucho tiempo. ◆

Capítulo 8

◆ Ésta es mi tercera noche en el hospital. He pasado tres días despertándome a cualquier hora, durmiendo en medio de sobresaltos, agujas, enfermeras que entran y salen, comida sin sabor (lo de la comida es lo de menos, nada se me antoja, ni siquiera el dulce de guayaba con queso que camuflan Edelmira y Anita cuando me visitan, pues saben que es lo que más me gusta) y ruidos extraños que no me hacen pensar en fantasmas sino en muchos dolores, bien físicos.

Extraño mi casa, mi cama. Aquí todo es perfecto, impecable. Si vomito, limpian muy rápido y queda el olor del desinfectante dando vueltas en el ambiente. Las sábanas, las toallas, las paredes son de un blanco absoluto. Pero no puedo dejar de pensar en tantos que habrán pasado por aquí. (¿Algunos han muerto en esta cama? ¿Yo también me voy a morir? ¿Quién le contará a mi familia que ya estoy muerto? ¿Llorarán a gritos como en el pueblo? ¿Llorarán en silencio como dicen que hacen los de la ciudad?)

Me dan náuseas cuando pienso en mí mismo como en un muerto. Nunca he sido capaz de mirar a ninguno en los velorios.

Dicen que se ven mejor que cuando estaban enfermos, pues ya descansan y no sufren. Siempre pienso que si no su-fren, tampoco disfrutan. Y que lo de verse mejor es porque los maquillan, aunque sean hombres, para no asustar a los vivos que llegan a despedirse.

No sé. Me dan miedo los muertos, pero no puedo quitármelos de la cabeza. Cuando llegan a tomarme radiografías, a sacarme sangre, a ponerme inyecciones, a obligarme a tragar medicinas de tamaño gigante, quisiera decir que me dejen en paz, que ya para qué, que una maldición me cayó encima, que no hay necesidad de preocuparse tanto, que pronto me verán tan muerto en esta cama, o en otra.

Papá y mamá están aquí desde que me puse grave. Me duele verlos tan tristes, tan preocupados. Van y vienen, poniendo en orden los documentos del seguro, comprando medicinas, llamando a especialistas.

El que peor se ve es papá. Me hace guiños, me trae regalos, pero no logra quedarse más de diez minutos en la habitación. He aprendido que las mujeres tienen mucha más paciencia que los hombres. Papá necesita hacer cosas, dar órdenes, buscar, discutir. Mamá se sienta a mi lado por horas, me cuenta cuentos, me habla de mis amigos y de mis hermanos. Nunca se le acaban las historias.

Mi abuela casi no se mueve de mi lado. Trajo un tejido dentro de una bolsa repleta de lanas de todos colores. Me está haciendo una colcha de retazos, dice. A veces habla, a veces teje en silencio durante mucho rato. Creo que habla con ella misma, como cuando habla con sus matas, porque veo que

mueve la cabeza y los labios como si tuviera muchas cosas que decirse.

Anita y Edelmira se turnan para visitarme y me traen toda clase de regalos. Aprovechan los pocos momentos en que mi abuela sale a almorzar para entregarme estampas y medallitas de santos. Varias veces han querido amarrarme contras en los pies y en las manos. Yo no me dejo. Les digo que está prohibido en el hospital (la verdad es que me daría mucha pena con los médicos y las enfermeras), pero las tengo convencidas de que por la noche me pongo todo. (Si ellas supieran que de noche es cuando más me visitan las enfermeras para verificar el suero, darme más medicinas, ponerme más inyecciones, volver a tomarme la temperatura...)

Del colegio me han llamado varias veces. La profesora cumple con la obligación de preguntar por mí, pero no creo que le interese tanto. Dice que me va a mandar las tareas para que no me atrase. (¿Atrasarme en qué? ¿En la vida? ¿En la otra vida? ¿Creerá la profesora que lo único importante es que el cuaderno esté completo?)

A mí me tiene sin cuidado el colegio. Eso sí, extraño a Eulalia. Ella también me llama por teléfono, pregunta rápidamente y con voz tímida cómo estoy y cuelga. Quisiera que viniera a verme, pero no la dejan entrar porque es menor de edad.

A Eulalia le preguntaría sobre los funerales en la ciudad. Seguro que habrá ido a más de uno. Quiero preguntarle muchas cosas, porque en mi familia cambian de tema cuando menciono la muerte. No deja de darme vueltas en la cabeza el problema de mi entierro, el mío propio.

¿Qué tal que me ponen en un ataúd muy elegante, vestido de angelito, como a un primo que se murió no hace mucho? Le pusieron una corona de flores en la cabeza y una túnica blanca desde el cuello hasta los pies. Hasta le adornaron las sandalias con lazos plateados y lentejuelas. (Si a alguien se le ocurre hacerme algo tan ridículo, seguro que me levanto de la tumba y llego a asustarlo todas las noches.)

¿En dónde pensarán enterrarme? ¿Aquí en la ciudad? ¿En el cementerio de Tolú? Creo que prefiero el de allá, pues parece un barrio residencial, con edificios y más edificios de varios pisos, uno al lado del otro, bien alineados, con las tumbas marcadas con letras bonitas y muchas flores colgando de arriba a abajo.

Claro que el otro día conocí un cementerio de esta ciudad y me encantó. Las tumbas están en el suelo, en medio de jardines llenos de árboles y arroyos que cruzan por los bordes. Uno puede pasear por los puentes y mirar los adornos que cada familia le pone a sus muertos. Yo fui en navidad y había pesebres y arbolitos con bolitas de colores en muchas de las tumbas. (Eso sí, acostados y no parados como en la vida real.)

¿Qué muertos me tocarán de vecinos? Creo que casi no hay niños enterrados. La mayoría de los muertos son viejos. Hasta donde me acuerdo, a mí no se me ha muerto ningún compañero de colegio, ni aquí ni en Tolú. Yo voy a ser el primero del salón (¡tenía que ganarme el peor primer puesto del mundo!).

Espero que los pensamientos no se me noten en la cara (y que no salgan en las radiografías). Si alguien me oyera pensar, diría que estoy loco.

Bueno, tal vez sea verdad. Es posible que en lugar de morirme, me esté volviendo loco con tanta medicina, con tanta inyección, con tanto examen (por lo menos no son exámenes del colegio, no sé cuáles son peores, si estos o aquellos).

Aquí llegan de nuevo con un montón de pastillas de todos los colores: rojas, azules, blancas, amarillas... todas grandes y difíciles de tragar. (¿Para qué tantas? ¿Por qué no las mezclan en una sola? ¿No habrá alguien que pueda contestar todas mis dudas?... ¿No habrá alguien que me salve de esta maldición?) ◆

Capítulo 9

◆ La temporada en el hospital me dejó agotado. Lo normal es que hubiera llegado a la casa descansado, fuerte, con ánimo (¿ánimo es lo mismo que ánima, como las ánimas del purgatorio?) de volver al colegio, pero cada vez me siento más débil, más triste, más convencido de que pronto moriré.

Todos intentan alegrarme. Me rodean, me hablan, me traen regalos... Papá sigue con su eterno entrar y salir sin poder concentrarse ni un minuto en nada. La abuela regresó a sus matas y la oigo murmurar oraciones desde mi cuarto. Mamá casi no se mueve de mi lado, a menos que llegue visita y tenga que salir al corredor para que yo no me canse.

Al final de la mañana aparecen Edelmira y Anita. Entran las dos al mismo tiempo, como si llevaran horas esperando su turno. Ordenan el cuarto, limpian el polvo, barren, cantan... y me regañan porque no me como las delicias que me preparan.

—¿Así cómo se va a curar, niño Beto? —dice la una.

—Le preparé frijoles con arroz, tal como me dijo su tía que le gustan. Ella llamó esta mañana para preguntar por su salud y aproveché para que me diera algunas recetas del pueblo —dice la otra.

Ya no saben qué hacer para obligarme a comer.

—Enfermo que come no muere —repiten, tratando de convencerse ellas mismas de que ya estoy mejor y que pronto me levantaré de esta cama.

Para verlas contentas, me esfuerzo en probar los dulces que me traen, pero es inútil: después de la primera cucharada, no puedo seguir comiendo. Hasta yo mismo noto cómo he bajado de peso. La pijama me queda enorme.

La única visita que verdaderamente espero durante toda la mañana, pues sólo viene por la tarde, es la de Eulalia. Llega todos los días, a eso de las tres, con el morral lleno de libros. Se ve tan frágil cargando ese peso, que parece que fuera a partirse en dos.

Eulalia nunca sonríe. Habla con voz muy baja, me repite las clases del día, me explica las tareas y me lee cuentos (que nadie en el colegio se entere: ¡una niña leyéndome cuentos de chiquitos!). No sé si será casualidad, pero he notado que todos los cuentos de Eulalia tienen que ver con espíritus, fantasmas y uno que otro muerto. Si no hay muertos, por lo menos salen moribundos, enfermos o heridos. Nunca falla. Lo raro es que en lugar de deprimirme, me gusta que me cuente esas historias.

Ayer noté algo nuevo en Eulalia. Ella también adelgaza a ojos vista. Sus ropas se ven varias tallas más grandes. Lo raro es que no sólo está cada vez más diminuta: también está cada vez más distraída. Le hablo y no me contesta, aunque por su actitud cualquiera creería que está muy interesada en una conversación. (¿Con quién? Porque no es a mí a quien dirige su atención.)

Esta tarde le hice una prueba; comencé a contarle algo:

—¿Sabes? José Dolores me prometió que cuando vuelva a Tolú, me va a enseñar a amarrar las brujas. Los profesores del colegio dicen que las brujas no existen, pero es mejor estar prevenido por si alguna se aparece con sus hechizos —le dije con mucha convicción.

Yo hablaba, paraba de vez en cuando esperando alguna reacción, pero ella no me contestaba. En cambio, movía los labios hacia otro lado como si hablara. Pero yo no oía su voz. Puedo jurar que le decía algo a otra persona, si es que se puede llamar persona, que estaba allí junto a mi cama, pero que no era yo.

Entonces no resistí más y le pregunté:

—Oye, ¿a quién le hablas? ¿Qué historias tan interesantes te están contando en secreto?

Se puso muy nerviosa, regó el jugo que le habían servido, guardó los libros en el morral y se despidió con cualquier excusa. Otro caso extraño es que durante las últimas visitas su mariposa ha estado tan quieta como ella. Es más, no la he vuelto a ver. También me pregunto si será siempre la misma mariposa. He oído que la vida de las mariposas no dura más que un día, ¿cambiará de mariposa de vez en cuando y ahora tiene una más tímida? ¡Cuántas preguntas! ¿Quién me contestará alguna?

Me prometo que mañana, cuando llegue Eulalia, pondré más atención y le haré otro examen. Quiero saber con quién conversa. Quiero conocer a ese otro personaje que no veo. (¿De verdad lo quiero conocer?) ¿Será el fantasma del viejo Víctor? ¿Será la sombra del niñito muerto? ¿Estará loca Eulalia y por eso habla sola? ¿Seré yo el loco? ¿Será que la fiebre me hace imaginar almas en pena donde sólo hay gente que me quiere?

A pesar de la promesa que me hago, sé que nunca me atreveré a preguntarle directamente para no molestarla. Si no volviera a visitarme, mi vida... y mi muerte, serían demasiado tristes, demasiado solas, aunque esté rodeado de mi familia.

Eulalia llegó hace rato pero se despidió pronto. Estoy solo en la habitación, pues mamá la acompaña hasta la puerta.

"¿Qué me pasa? ¿Qué me pasa? Me estoy volviendo loco. ¿Quién está junto a la cama?", me pregunto con angustia.

¿Solo? ¿Con quién? Del fondo del armario sale una sombra larga. Pasa tan rápido frente a mi cama que tengo dudas sobre si es real o no.

Ahora sale otra, más pequeña, más tenue. A pesar de lo tenue, la veo mejor porque se queda al lado de la cama, acompañándome (no quiero, no quiero...).

Pienso que debería hablarle.

"¿Eres de esta vida o de la otra?", tendría que decirle.

¿Y si me respondiera? ¿Qué haría? ¿Qué más le diría?

Mamá, abuela, Edelmira, Anita, por favor, vengan.

Papá, papá, quédate aquí. Cuídame, por favor... ◆

Capítulo 10

◆ Las inyecciones y las radiografías se acabaron. Casi siempre estoy dormido. No hablo, no grito, no lloro. Ni siquiera veo sombras. Nadie me cuenta lo que me pasa. La fiebre sube y baja. La respiración no me alcanza para nada.

Una mariposa negra atraviesa el cuarto y se para sobre la lámpara. En la pared de enfrente está colgada la correa del vestido de nazareno de papá. La miro con rabia culpándola de mi maldición. Sé que la culpa no es de nadie, sino del difunto de la procesión, pero la culpo de todas maneras.

Ayer, aunque era sábado y no tenía que traerme las tareas, Eulalia vino a visitarme. Sin el uniforme del colegio, se veía más extraña que de costumbre. En lugar de trenzas y lazos, tenía un gorro de lana de muchos colores, una falda que le llegaba casi hasta los tobillos y un saco más grande que los de papá. Casi me da un ataque de risa al verla entrar, pero no quise ser desagradable (y además no tenía fuerza más que para sonreír débilmente), pues conozco su timidez extrema y no quería ahuyentarla.

Me traía un regalo.

—Es para ti —me dijo en voz baja—. No lo pierdas ni lo rompas —insistió casi llorando. (Nunca la había visto así, y yo que creía que Eulalia era la única niña del mundo que no lloraba.)

—Gracias. ¿Qué es? ¿Para qué sirve? —le pregunté, dándole vueltas a un frasco muy pequeño lleno de un líquido verde, espeso, en el que flotaban pepitas, cristales y piedras de distintas formas y colores.

—No te puedo decir nada. Pero, por favor, no lo pierdas ni lo rompas. Llévalo siempre contigo. Guárdalo donde nadie lo vea. Es un secreto entre tú y yo —dijo en un susurro.

No habló más durante su visita. Se sentó muy quieta, no movió los labios como otros días y al poco rato se fue.

Hoy he pasado el día mirando el frasco cuando estoy despierto (pocas veces) y cuando nadie me ve (menos veces todavía, siempre hay alguien a mi lado). Le doy vueltas, me hago preguntas, lo guardo con cuidado bajo la almohada, lo escondo cuando van a cambiar las sábanas. (¡Qué tragedia lo de las sábanas: las tienen que cambiar varias veces al día por culpa de mi fiebre que sube y baja, y que me hace sudar a mares!)

Duermo, despierto, duermo otra vez. Sueño con el mar. Floto entre las olas. Floto en el viento. Siento que me nacen alas y que vuelo como las gaviotas. Despierto y pienso.

¿Así es la muerte? ¿Dónde queda? ¿A dónde volaré? Yo nunca he viajado solo. ¿Quién me acompañará? ¿Quién me indicará el camino? Me voy a perder en la muerte. ¿Me veré desnudo? ¿Las almas se ven vestidas? Ay, abuela, como tú eres la más vieja, muérete conmigo, que no quiero morirme solo...

Afuera del cuarto se reúne cada vez más gente. Oigo a la familia y a los amigos que entran y salen, hablando en voz baja como si estuvieran en un velorio. (¡Oigan, señores, todavía no estoy muerto, hablen más fuerte, quiero oír los cuentos del pueblo!)

"¿Por qué siempre se hablará en voz baja delante de los muertos? —me pregunto a mí mismo—. A ellos no les importa el tono, pues no oyen nada —supongo.

"Ah, debe ser por miedo a despertarlos", siguen mis pensamientos que no se detienen aunque parezca que estoy profundamente dormido.

Las mujeres atienden a las visitas que llegan y se van. Esta vez es papá quien no sale del cuarto. Pasa las horas recostado contra la pared, al lado de la puerta, de pie.

"Está esperando que la muerte trate de entrar para espantarla", me digo para animarme. Saber que papá me cuida me devuelve algo de confianza. Él sabe mucho y ya una vez me salvó la vida. ¿Por qué no va a poder la segunda?

No he vuelto a ver sombras dentro del cuarto, pero no dejo de pensar en ellas. Ya no sé ni en qué creer. ¿Yo también me convertiré en sombra? ¿Me quedaré vagando para siempre por las interminables escaleras de la casa de mi abuela? ¿Me verán las otras sombras? ¿Podré jugar con la del niño? ¿Se me quitará el miedo? ¿Les daré miedo a ellos?

De nuevo me cambian las sábanas. Tengo dificultades para respirar. Me duele todo cuando me mueven, pues tengo el cuerpo lleno de ampollas.

El cuarto se llena de gente. Alcanzo a ver a papá, a mamá, a la abuela. Edelmira sale llamando a Anita.

Me miran, me acarician las manos, me limpian la frente. La abuela mueve los labios, pero no oigo lo que dice.

De pronto, entran unas visitas inesperadas. Quedo asombrado. Son mis sombras. Mejor dicho, las sombras que nunca pude ver bien, pero que sentía pasar por ahí. Eulalia aparece con ellas. Está más pálida que de costumbre. No sé si es real o si es otra sombra entre las sombras.

Se sientan a mi lado, pero el colchón no se hunde. Me miran. No hablan. Las veo con nitidez: un hombre mayor, un niño con cara triste y Eulalia.

Esta vez no me da miedo, no sé si por la fiebre o por la mirada amable con que me acompañan.

El tiempo parece detenerse. Por un momento nadie habla, nadie se mueve.

De repente, la sombra larga y la sombra pequeña se levantan y salen del cuarto. El cuarto se llena de otras personas rodeando mi cama. Eulalia me tiende la mano. Yo trato de agarrarme a ella. En la otra mano tengo apretado el frasco que me regaló el sábado.

Ya no oigo nada, no sé si porque todos están en silencio o porque mis oídos, mis ojos, mis pensamientos se alejan, se alejan, se alejan... ◆

Capítulo 11

◆ CCCCCCRRRRRRAAAAAAAAACCCCCCCCCCCCC

Suena un ruido estremecedor. Nunca había oído algo así.

"¡Es la muerte!", pienso asustado. Pero sigo viendo a toda la familia a mi alrededor, no callada ni triste, sino tan asustada como yo.

Corren afuera de la habitación. Hasta Eulalia se levanta del borde de mi cama y mira hacia la puerta del cuarto.

—¿Qué pasó? ¿Qué se rompió? ¿Hay alguien herido? —escucho gritar.

Eulalia desaparece sin contestar. (Todos me dejaron solo, ¿será que realmente me morí y las personas desaparecen de una en una?)

El frasco misterioso de Eulalia está roto en mi mano apretada y los vidrios me hacen daño. Veo un hilo de sangre (entonces no estoy muerto, pues no sentiría dolor) entre mis dedos. El líquido aceitoso se derrama sobre las sábanas.

Veo una mariposa grande y negra sobre la cama. No se mueve. Despierto totalmente y, por primera vez en muchos días, respiro sin dificultad. (Todavía no estoy seguro de si estoy vivo o muerto: ¿será que mi alma sin cuerpo se siente más liviana?)

Nadie me vigila. Me siento mejor. Me levanto sin permiso y me asomo al corredor. Todavía gritan y nadie me recuerda (hace tan sólo un minuto todos me rodeaban, ¿qué les pasó?).

Veo otra muerte regada frente a mí: las trescientas y tantas matas de la abuela están todas, todas, todas tiradas en el suelo, rotas, deshechas, entre montones de escombros de cerámica.

A la mitad de la escalera, alejándose de las matas, están las sombras. Cuando me ven asomado por la barandilla del segundo piso, me hacen un gesto de victoria, como si hubieran ganado un juego.

Anita viene desde la cocina y grita con una felicidad casi histérica:

—Se salvó el niño Roberto. Ya no se va a morir. Se salvó, se salvó. (No sé cómo lo sabe si yo mismo no estoy seguro.)

Mientras grita sube la escalera (veo a las sombras cediéndole el paso). El resto de la familia me ve desabrigado en medio del corredor.

—Roberto, ¿qué haces levantado? —me regaña mamá con voz de remordimiento por haberme dejado solo.

La abuela también entra, preocupada por mí, pero murmura con tristeza:

—No quedó ni una mata buena. (¿Por qué le gustarán tanto si las matas no hablan?)

—Niño Beto, niño Beto, la muerte se equivocó de camino y tumbó todas las matas. Usted se salvó. Es un milagro. Ya verá que pronto estará bien —entra y me besa con entusiasmo Anita.

—En el pueblo de Anita dicen que es posible revocar la sentencia a muerte si ocurre un accidente cuando alguien está muy enfermo —explica Edelmira—. Esas matas se sacrificaron por el niño y nos hicieron el milagro de salvarlo.

—Las matas no tienen ninguna importancia, lo importante es Roberto —regaña papá, impaciente por tanta alharaca.

Y por primera vez en mucho tiempo lo veo sentado, quieto, apretando en sus manos la correa de su vestido de nazareno.

Me siento de nuevo en la cama. Trato de recoger con disimulo las pepitas de colores del frasco roto, regadas en la sábana.

No sé qué creer. En verdad me siento bien, como no me había sentido en meses. ¿Serán las medicinas que por fin me hacen efecto? ¿Serán los contras? ¿O las promesas de papá? ¿O las oraciones de la abuela?...

No puedo dejar de pensar en Eulalia. ¿Dónde está? ¿Se fue con las sombras? Si me asomo a la escalera, ¿la encontraré?

—¡Qué mariposa tan fea! —exclama con repugnancia la abuela al verla posada sobre la cama—. Hay que abrir la ventana a ver si se sale.

Dicho y hecho. La abuela abre la ventana y la mariposa sale volando, como si estuviera esperando la oportunidad de escapar.

Los demás no le ponen atención a la abuela. Saben que estoy mejor, que me bajó la fiebre, que puedo respirar... No entienden las causas. Eso lo explicarán los médicos (si es que encuentran explicación). Por ahora todos quieren abrazarme, besarme, tocarme, como si acabara de resucitar.

—Eulalia, Eulalia —llamo desde mi interior, pero nadie me contesta. ◆

Capítulo 12

◆ Sin saber cómo ni cuándo, estoy otra vez en el colegio.

Entro al salón. Todos me miran y pienso que la profesora se dice por dentro que estoy flaco como alma en pena. Los compañeros me hacen señas de bienvenida con las manos. Camino hasta mi pupitre vacío. (Eulalia, ¿dónde estás? ¿Por qué no estás en la silla de al lado?)

No logro concentrarme en la clase. (Para algo sirve estar enfermo, no me van a preguntar ninguna lección.)

En el recreo busco a Eulalia. Nadie me da razón de ella.

Me cuentan que no vino ayer ni la semana pasada, ni la antepasada. No llegó hoy.

—Tal vez venga mañana —me dice alguien.

Yo sé que no va a volver. Pero también sé que ella está por ahí, con sus mariposas negras, sus trenzas ridículas, sus faldas largas y sus ropas descomunales. Cuida a alguien como me cuidó a mí. Cuida tal vez a otro niño condenado por otra maldición, ayudada por sombras amigas que saben cómo revocar las sentencias.

Por lo pronto, a mí ya me salvó. Lo único que siento es que se fue sin despedirse.

Aunque trato de no pensar mucho en todo esto, en mi cabeza se mezclan los presagios de José Dolores, la procesión de los nazarenos en semana santa y las matas de la abuela muertas al pie de la escalera. ◆

Capítulo 13

◆ Regreso a casa pensando en Eulalia: "¿En dónde estará? ¿Cómo podré averiguarlo?", son algunas de las preguntas que me hago.

Miro el recuerdo que me dejó: una de esas hojas que un día se le cayeron del bolsillo y que encontré doblada en el cajón del pupitre. Está llena de cruces, estrellas y círculos. No puedo descifrar su significado. Sólo sé que Eulalia me dejó esta carta secreta, esta despedida tan extraña como ella, para que sepa que es tan real como las sombras de la escalera que, entre otras cosas, tampoco han vuelto a aparecer. (¿Ellas sabrán donde está Eulalia? Si se me aparecen, ¿seré capaz de preguntarles?)

Entro a la casa y subo despacio las escaleras interminables.

—¿Los fantasmas no existen? —me sorprendo preguntándole con convicción a una de las matas que la abuela acaba de sembrar, como si en esta conversación con las flores... me estuviera jugando toda mi vida.

—Los fantasmas no existen —dice la abuela detrás de mí, mientras siembra con esmero una preciosa mata con flores moradas.

Ya puedo subir y bajar solo las escaleras sin morirme de miedo. Ahora entiendo que no importa que los fantasmas existan o no existan. Las cosas no son como uno se las imagina o como se las cuentan. Son como son. Así nomás.

Y nada se puede hacer. ◆

Índice

Capítulo 1 7

Capítulo 2 11

Capítulo 3 15

Capítulo 4 21

Capítulo 5 25

Capítulo 6 31

Capítulo 7 35

Capítulo 8 41

Capítulo 9 47

Capítulo 10 53

Capítulo 11 59

Capítulo 12 63

Capítulo 13 65

Las sombras de la escalera, de Irene Vasco,
número 172 de la colección A la Orilla del Viento,
se terminó de imprimir y encuadernar en marzo de 2017
en Impresora y Encuadernadora Progreso, S. A. de C. V. (IEPSA),
calzada San Lorenzo, 244; 09830 Ciudad de México.
El tiraje fue de 4 000 ejemplares.